AF388831

Ouvrages Nouveaux de N.-E. R**,

mis en vente chéz LOUIS, Libraire, rue Saint-Severin. 1793.

Et chés les Citoyéns Ve DUCHESNE, rue faint-jacques;
MERIGOT jeune, quai des augustins.

☞ Les differéns Ouvrages que nous annonçons ici, ont tous un degré d'interêt majeur, foit par le faire de l'Ecrivain, toujours otiginal, foit par l'importance de la matière. On prévient, qu'il ne faut pas regarder à la date des Volumes du Theatre: ils ont été imprimés à-mesure, pour ne paraître qu'en 1793.

3 vol. prix 5 l.

I. *Le* PALAIS-ROYAI, *ou Hiftoire des diffe.ens ordres de Filles de ce Jardin.* ¶ Sous une écorce qui annonce la futilité, & peutêtre quelque-chose de pis, cet Ouvrage préfente le Tableau filofofiq de l'anciénne corrupcion. Ce ne font pas les hiftoires des Filles en elles-mêmes, qui font intereffantes ? c'eft la peinture des mœurs qu'elles amènent, & le mérite de cette peinture ne confifte que dans fa verité. Mais ce n'eft pas tout: On trouve dans ce nouveau *Petrone*, des genres-de-proftitucion rafinés, differentes efpèces, non de debauche, mais d'ufage des Femmes, inventées par des Mattullés *fagaces*, qui tirent un parti inconnu des charmes qu'un fexe offre à l'autre. C'eft donc un Livre très-inftruétif, & même filofofiq, que le *Palais-royal*, en 3 Volumes, que vend le Citoyén Louis, Libraire rue Szintseverin.

4 vol. pr.x 9 l.

II. *Les* PARISIÉNNES, *ou XLII Caractères principaux, choisis, dans les Filles, les Femmes, les Epouses & les Mères de Paris.* ¶ Cet Ouvrage ferait digne d'être le Manuel des Epoux, dans les deux-fexes; mais furtout des Jeunes perfones prêtes à fe marier, ou nouvellement matiées. On y préfente plûs de LX Caraétères, en y comprenant les nuances des Caraétères principaux, & l'on y indiqne aux deux-fexes, les moyéns les plûs fûrs de tirer parti de chaqu'un: on y met fous les reux des Femmes, ce qu'elles peuvent faire, avec tel temperament, telles inclinations, &ca. L'Auteur y donne des détails abfolument neufs fur la conduite interieure en menage; détails qu' reffemblent à-peu-près aux leçons que les anciénnes Matrones donnaient aux nouvelles Epoufes dans les miftères qu' elles célébraient à huis-clos, & où les Hommes ne pouvaient penetrer, fans encourir la peine de mort. L'utilité de ce Livre frappa tellement Bultel-Dumont, auteur de la *Theorie du luxe*, qu'il voulait faire les demarches, pour obtenir à l'Auteur le prix d'utilité: Mais Celui-ci f'y refufa; bien perfuadé que les *Laharpe*, & les autres Tirans qu'avait alors la Litterature, f'oppoferaient au fuccès des demarches de fon Ami.

III. LES FRANÇAISES, *ou XXXIV Exemples choisis, à proposer aux Filles, aux Femmes, & aux Mères.* ¶ ..... ce font des Exemples à fuivre que propofe ..... Il les prend dans les Femmes de tous ..... afin de les rendre imitables à toutes les Pe..... du fexe. Ces Exemples font dans le vrai, & en portent vifiblement l'empreinte Les Femmes qui n'ont pas de caraétère affez decidé, pour le bien reconnaître dans les *Parisiénnes*, peuvent recourir à ces IV Volumes, qui fe trouvent également chés Louis, vis-à-vis *Saintfeverin*. Tout y eft moral: On y préfente quelquefois des morceaux de litterature, qui différent du genre de la *Nouvelle*, quoiqu'ils foient hiftoriques, & ces *Leétures*, comme on les appelle, jètent dans l'Ouvrage une agréable diverfité. Les *Françaises* ne peignent pas auffi particulièrement la conduite interieure des Epoux, que les *Parisiénnes*; mais par cela-même, elles font plûs propres à être mises entre les mains des Jeunes perfones un-peu plûs éloignées du mariage. Les *Françaises* ne d'fpenfent donc pas de lire les *Parisiénnes*, ni même les *Contemporaines*: Cette nombreufe colleétion de *Nouvelles*, fous differens titres, ne tombe jamais dans la repetition: Ce font toujours des Tableaux variés, des Modèles differens de conduite. Un feul motif guidait la plume de l'Auteur: C'était de multiplier les Exemples de moyéns d'être heureux en menage: But infiniment audeffus de tous ceux des autres Ouvrages amusans.

4 vol. prix 9 l.

IV. THEATRE *de N-E. Reftif-La-Bretone.* 5 *Vol. in-12, en tout, dont 3 Volumes avec les feules Pièces qui n'ont jamais paru.* Ce Theatre, qui contient les XVII Pièces fuivantes, eft original, comme toutes les Produétions de l'Auteur. Nous nous abftiendrons ici de faire l'analife des Pièces; leurs titres en indiqueront fuffisamment l'interêt:

5 vol. prix 10 l. nouveau.

1. La Cigale & la Fourmi, *fable dram. en 3 aét.*
2. Le Jugement de Pâris, *comed.-ball. en 5 aét.*
3. La Prevencion-Nationale, *drame en 5 aétes.*

avec 3 *Variantes, & les faits servant de base.*
4. La Fille-Naturelle, & la Mère imperieuse, 5 act.
5. Les Fautes sont personelles, *drame en 5 act.*
6. Sa Mère l'alaita, ou le bon Fils, *comedie en 3 & en 4 actes ; car on l'a 2-fois.*
7. Le Loup dans la Bergerie, *comedie mêlée d'ariètes en 3 actes.*
8. La Matinée du Père-de-Famille, *bagat.* 1 act.
9. Le Bouledogue, ou le Congé, *Comedie-critico-farce, en 3 actes.*
10. Epimenide, ou le Reveil de l'ancién Epimenide grec, *pièce en 3 actes.*
11. Le Nouvel-Epimenide, ou la Sage-Journée, *comedie en 5 actes, avec une Petite-Pièce.* Nᵃ *Ces Pièces ont paru avant l'Epimenide de* Flins; c[...] *Les* Fautes sont personelles (*titre excellen*[...] *longtempt avant* Les Dangérs de [...] (*titre sot*) *du plagiaire* Layà.
12. Le P[...] ou l'Epouse aimée après sa mort, *comedie* [...] *se en 3 actes.*
13. L'Epouse-Comediénne, *com.-ariète, 3 act.*
14. L'An 2000, ou la Regeneracion, *com.die heroïque, en 3 actes, avec des hymnes.*
15. Le Libertin fixé, le 14 juillet 1789, *comed. patriotique non-enragée, & en 5 actes.*
16. L'Amour muet, ou l'Amant qui tait son amour par delicatesse, *comedie erotique en 5 actes.*
17. Edmond, ou les Tombeaux du Paysan-perverti, *tragedie en prose, & en 5 actes.*

5 vol. Prix 10 l. nouveau.
V. LE DRAME DE LA VIE, *contenant un Homme tout-entiér.* Liséz, Lecteur, sans scandale, le plûs extraordinaire & le plûs interessant des Ouvrages. 5 *Parties de 300 pages, en scénes d'Ombres-Chinoises, & 10 Drames reguliérs : avec des Pièces-justificatives : Ce qui portera la totalité du Theatre à 17 Pièces.* ¶ C'est incontestablem.ᵗ ici la Produccion la plûs originale, & peutê:re la plûs interessante de l'Auteur. Il en est lui-même le heros; car il n'aurait pu connaître les pensées d'Un-autre : Il y passe en revue, par des scènes destinées aux *Ombres-chinoises*, toutes ses accions & tous les évenemens de sa Vie. Tout y est en action, & la verité si frappante, qu'il est impossible de s'y refuser. La varieté est celle de la nature; l'extraordinaire est celui de la vie d'un Homme, toujours libre, toujours original, n'ayant auqu'une des passions triviales, toujours exalté, toujurs dirigé par la plûs noble des passions, celle de l'amour. Elle l'avilit quelquefois; mais il se relève aussitôt. Il ne s'est pas abandonné à une sterile jouissance; aubout de 11, de 15, de 20, de 25 ans, il retrouve les Etres charmans, qui sont le resultat de son fugitif bonheur. Il est si sincère dans ses aveux, si bon-hom-

me dans ses détails, que, sauf un-peu de scandale pour les Gens bornés, c'est le plûs instructif des Livres... Voici les titres des 10 Pièces :
1. Mad. Parangon, ou le Pouvoir de la Vertu, *drame & comedie en 5 actes.*
2. Zefire, ou la Fille-Amante, *drame en 3 Pièces, qui ne forment entr'elles que 4 actes.*
3. Agnès & Adelaïde-Nicard, ou le dangereux Echange, *comedie & drame, en 3 actes.*
4. Rose & Eugenie, ou les Inconveniens d'un imprudent mariage, *comedie & drame, 3 actes.*
5. Elise, ou l'Amante du merite; *com. 3 actes.*
6. Louise & Terèse, ou l'Amour & l'Amitié, *comedie-drame en 3 actes.*
7. Virginie, ou la Nature secondant l'Amour, *comedie en 3 actes formant 3 Pièces.*
8. Sata, ou la Fausse-tendresse, *com. en 3 actes.*
9. Felicitette, ou le Dernier-Amour, *com. 3 act.*
10. Filette reconnue, *comedie en 3 actes.*

VI. L'ANNÉE DES DAMES-NATIONALES, 12 vol. ou *Histoire jour par jour d'une Femme de l'Empire-français, XII Parties, une par chaque mois, 350 pages.* Cet Ouvrage a été recueilli en grande partie en 1787; mais environ un tiers a été redigé depuis. Il contiendra près de 168 *Nouvelles*, presque toutes extraordinaires pour le fond. Un aussi vaste Ouvrage est le rassemblage de plûs de 800 Canevas envoyés de tous les Departemens. Les Nouvelles publiées antecedemment, soit par l'Auteur ou par d'Autres, sont tout ce qui se passe communement sur la scène de la Société : Celles de *l'Année des Dames* se sont presque toutes passées derrière le rideau. On verra, dans l'Ouvrage, les raisons qui ont obligé à publier des faits, destinés par leur horreur, ou leur atrocité, à rester ensevelis dans l'oubli. C'est donc une produccion d'un genre absolument nouveau, & qui ne ressemble ni aux *Contemporaines*, ni aux *Françaises*, ni aux *Parisiénnes*, ni même aux *Filles du Palais-royal:* Ce qui semble y avoir plûs de trait, ce sont les *Tableaux de la vie*, imprimés à Newvied. Un but marqué de ce nouvel Ouvrage, dont VI Volumes sont actuellement imprimés, c'est de fournir des sujets dramatiques aux Theatres de tous les genres. Les canevas de Pièces y sont avantageusement exquisses. En-effet les jolis *Contes de Marmontel* sont moins propres qu'on ne croit à être representés : Les details en sont trop specifiés, trop parfaits, de-sorte que l'Auteur, forcé de luter contre son Modéle, a le desavantage de se trouver toujours audessous. Ici au-contraire, on ne fait qu'esquisser; & l'Auteur dramatiq, laissé maître des details qui ne sont qu'indiqués, peut donner à son imagination assez de

prix 14 l. sous presse.

carrière, que s'il inventait. Il n'a pas à luter contre la delicatesse des details finis de l'Auteur, comme chés Marmontel: Il dialogue d'après le caractère qu'il a donné à ses Personages. L'extrême variété de l'*Année des Dames*, l'interêt repandu dans chaque histoire, en fera l'un des Recueils le plus amusans de notre littérature.

4 vol, prix 6 l.

VII. *L'Instituteur d'un Prince-Royal, Ouvrage auparavant intitulé O Ribeau*, IV Vol. in-12. On a réimprimé cet Ouvrage, rempli d'imaginacion, lorsqu'il fut question de choisir l'Instituteur du Prince-hereditaire de-France. On y trouve une excellente manière d'élever, non-seulement un Prince-Royal, mais tout Enfant qui doit avoir de la fortune, lorsqu'on veut les rendre heureux lui-même & utile aux Autres. Il faut également être utile à toutes les condicions; car la vertu, ou la force sur-soi-même, la sobriété, la generosité sont de tous les états. On trouvera-là des verités negligées par bien des *Educografes*!.

2 P.ries. prix 5 l.

VIII. L'ANDROGRAFE, *ou l'Homme reformé*. On trouve dans cet Ouvrage des vues très-utiles, surtout dans les circonstances actuelles: C'est un projet d'égalité reelle, de communauté parfaite, qui garantirait les Hommes des inconveniens de l'isolement; sans nuire ni aux progrès des Arts, ni à l'industrie, ni à l'émulacion. Il faut lire cette production, composée & publiée en 1784: Elle offrira des idées lumineuses sur les inconveniens de la Propriété, source de tous les vices & de tous les maux de la sociabilité. On a parlé de la *loi agraire*: Cette loi est dangereuse, insuffisante: Celle de l'Egalité, proposée par l'Anthropo-graphe, reünit au contraire tous les avantages, & mène à la pratique de toutes les Vertus. L'Homme n'y aura pas la facilité d'aquerir des richesses; mais il aura la puissance d'accumuler d'autres avantages inappreciables; des couronnes civiques, des honneurs, des distinctions legitimes, un magasin de sureté pour sa persone & pour les siens, puisque ses belles actions peuvent les préserver de la haine meritée pour des fautes d'inadvertance, punissables sur les Hommes ordinaires; qu'il peut, à-force de vertus, rendre l'honneur à son Père &c. Mais l'avantage le plus-précieux, c'est de mettre l'Homme à l'abri de tous les inconveniens de la sociabilité; du vol, de la finesse, de la duperie, de l'embarras de diriger ses affaires, des soins de sa subsistance individuelle, de la defiance envers les Autres, de l'avilissement de la pauvreté, de la seduccion qui en est la suite, tant pour lui; que pour sa Femme, ses Filles & ses Fils, de toute espéce de procès, d'oppression quelconque, d'esclavage, de la haine, de l'envie, de la jalousie, & de toutes les passions penibles. L'execucion de ce Plan, est facile, sans inconveniens, & surtout il n'a pas celui d'ôter l'energie & l'activité; propriété qui prévient toutes les objections, & qui surprend tous ceux qui en entendent parler, quelque prévenus qu'ils soient: ils sont parfaitement convaincus, après la lecture, qu'il n'y a qu'avantage & facilité; qu'il n'existe que ce moyen de prévenir tous les vices; tous les malheurs & toutes les misères de la condicion humaine. Cet Ouvrage est le plus important des Livres. Meditez-le, Concitoyéns, & présentez-le à vos Legislateurs, ainsi que le *Thesmografe*, les *Gynografes*, &c.

16 vol. en tout, prix 24 l.

IX. LES NUITS DE PARIS, *ou le Spectateur-nocturne, contenant 366 Nuits, ou une Année interessante de Nuits de Paris, recueillies en 20 ans: Par l'Auteur du Paysan-perverti, des Contemporaines, du Pornografe*, &c. XVI Parties in-12.

Ce vaste Ouvrage est le vrai *Tableau-Nocturne de Paris*, dont on présente les mœurs, comme autrefois *Petrone* peignit celles de Rome à ses Contemporains; mais les *Nuits* ont une manière moins satyrique, & plus decente. Dans la suite des siècles, lorsque cette grande Ville, contre laquelle tout semble conjuré, aura subi le sort commun des vicissitudes humaines, les Français la regretteront en pleurant, & liront avec interêt, tout ce qu'on en aura écrit: Ils diront. "O Departemens! quel était votre aveuglement insensé, de jalouser Paris! Quoi! vous regardiez la Capitale de notre Republique, comme une Ville particulière, tandis qu'elle n'était que votre point de rassemblement à vous tous, qui composez la Republique-française? C'était la France en représentation permanente, par la reünion de tous ses Peuples... Malheureux! vous avez detruit la Mère commune, qui vous rechauffait tous dans son sein!... Ainsi parleront les Français de 1893: Ils rechercheront tout de qui eût rapport à la Reine du Monde, & le seul nom de PARIS, à la tête du Livre, suffira pour le rendre précieux... Les *Nuits-de-Paris* peignent sans recherche & sans pretension, les mœurs des Français, à la fin du règne des Rois, & présentent l'état de leur Capitale sous le gouvernement des Lieutenans-de-police *Sartine, Lenoir*, & *Decrosne*. On y voit les abus & les avantages de la civilisacion: Tout y est passé en revue, moins par les discours, que par les faits.
Les XIV.res Parties conduisent en 1788.
La XVme est pour 1789.
La XVIme & dern.re est pour les faits extraordinaires de 1790-91-92-93.

Tous les OUVRAGES du même Auteur.

Ve Du-/chesne. La Famille-vertueuse. — IV Parties.

~~...~~

manque. Le Pied de Fanchette, ou le Soulier couleur-de-rose. II P.

La Confidence necessaire, Lettres anglaises. II Part.

~~...~~

manque. L'École de la Jeunesse, ou le Marquis de Tavani. IV P.

Lettres d'une Fille à son Père, ou Adele de Comm... V P.

manque. La Femme dans les 3 états de Fille, d'Épouse et de Mère. *seconde édition.* III Parties.

manque. Le Menage parisien, ou Delice et Soretrout. II Parties.

Volland. Les Nouveaux Mémoires d'un Homme-de-Qualité, *Traduits en allemand.* II Parties.

Merigot. Le Fin-Matois, traduit de l'espagnol de Fr. Quevedo. III Parties.

Ve Du-/chesne. Le Paysan-Paysanne-perverti réunis. 4 edit. XVI Parties. *Traduit en anglais, 42 éditions, & 4 en allemand.* 120 fig.

L'École des Pères, ou le Nouvel-Émile. III Tomes. *Traduit en allemand.*

Le Quadragénaire. fig. *Traduit en allemand.* II Part.

Le Nouvel-Abeillard, ou Lettres de deux Amans qui ne se sont jamais vus. fig. IV. Tomes

La Vie de mon Père. fig. *seconde édition.* II Parties.

La Mal diction-paternelle, ou Lettres sincères et veritables de N. Duiss à ses Parens, ses Maitresses et ses Amis; Avec les Oeuvres posthumes. fig. III V.

Les Contemporaines-mêlées, ou Aventures des plus jolies-Femmes de l'âge-présent. 122 fig. XVII Vol.

Les Contemporaines-communes, ou Aventures des belles-Marchandes, Ouvrières, etc. de l'âge-présent. 120 fig. XIII Vol.

Les Contemporaines-graduées, ou Aventures des Jolies-Femmes de la Noblesse, de la Robe, de la Médecine, et du Théâtre. 90 fig. XII Vol.

Louis. Les Françaises. 34 fig. IV Vol.

Les Parisiennes, avec estampes. IV Vol.

L'Année des Dames-Nationales, ou Histoire jour-par-jour d'une Femme de l'Empire-français. XII Parties.

manque. La Dernjere-Aventure d'un Homme de 45 ans. f. II P.

Ve Du-/chesne La Decouverte-Australe, par un Homme-volant. f. IV V.

Renault. La Prevention-Nationale, avec 2 Variantes. f. III Part.

Les Veillées du Marais, ou Histoire du grand prince Oribeau, & de la vertueuse princesse Oribelle. IV P. — *Ve Du-/chesne.* Il en existe un seul Exemplaire avec sa figures en dessin. 7241.

La Femme-Infidèle. — IV Parties.

Ingenue-Saxancour, Femme-séparée. — VII Parties.

Les Nuits de Paris, ou le Hibou-Spectateur-Nocturne, en 388 Nuits, y comprise — *Merigot.*

La Semaine-Nocturne, avec figures. XV Parties.

Les Tableaux de la Vie, & les Costumes. II Volum. — *Bossan-ges.*

Les mêmes magna charta, avec de superbes Estan pes.

Les Filles-du-Palais-royal, Sunamites, &c. III Parties.

Le Drame de la Vie, contenant un Homme tout entier, agissant, au lieu de raconter. V Parties.

Théâtre de N. E. Restif-Labretone, 17 pièces. B Vol.

Monsieur-Nicolas, ou les Ressorts du Cœur-humain dévoilés, avec figures & portraits. on impr. XII Tomes.

Les 1001 Métamorfoses de l'Homme, sous pref. IV Vol.

Idées-Singulières, ou projets, en VI Volumes, savoir — *Ve Du-/chesne.*

Le Pornographe, ou la prostitution reformée. 1769.

La Mimographe, ou le Théâtre reformé. 1770.

Les Gynographes, ou la Femme reformée. 1777. — *Merigot.*

L'Anthropografe, ou l'Homme reformé. 187...

Le Thesmografe, ou les Lois reformées. 1789.

Le Glossografe, ou la Langue reformée. suiv.

☞ Le PORNOGRAFE est exécuté à Vienne, par les ordres de Josef-II. *Gazette de Leide,* du 22 novembre 1786.

On trouve un Aperçu des mœurs de tous les Peuples du Monde, dans les Secondes-Parties de trois Tomes des Idées-Singulières, surtout dans les GYNOGRAFES, l'ANDROGRAFE, et le THESMOGRAFE.

Voyez, à la fin de l'Une des trois Parties, la Liste des Ouvrages qui me restent à faire.

N. Il existe une seule Collection complette.

Na. Lecteurs, Voilà mon Catalogue: je travaille à compléter ma Collection par L'Année des dames-nationales. On verra paraître ensuite le monsieur-nicolas.

Les contemporaines, cet immense Ouvrage, ne consiste pas seulement dans les xliv vol. publiés, dans les Françaises et les Parisiennes, tout ce qui est Conte en est un complément. Telles sont, et les Heroines du Palais-royal, et surtout l'Année des dames Nacionales. Ces quatre differens ouvrages sont du même genre, et à proprement parler, n'en sont qu'un.

Le Monsieur-Nicolas va recommencer de s'imprimer, et ne sera plus interrompu. Il paraitra deux Parties à 2 Parties, c'est-à-dire tome à tome.

Trois ouvrages sont absolument nouveaus, le drame de la Vie, le theatre, et l'Année des dames, sans parler du monsieur Nicolas.

Les Mille-et-une metamorfoses ne paraitront qu'après les ouvrages ci-dessus designés.

S'adresser pour chaque Livre au Libraire indiqué dans l'annonce.